प्रेरणा
नई सोच, नई मंज़िल

प्रेरणा
नई सोच, नई मंजिल

(मोटिवेशन कविताओं और विचारों का संग्रह)

राजेश अग्रवाल

प्रभात
पेपरबैक्स
www.prabhatbooks.com

प्रकाशक

प्रभात पेपरबैक्स

4/19 आसफ अली रोड, नई दिल्ली–110002

फोन : 23289777 • हेल्पलाइन नं. : 7827007777

इ–मेल : prabhatbooks@gmail.com ❖ वेब ठिकाना : www.prabhatbooks.com

संस्करण

प्रथम, 2018

मूल्य

एक सौ पच्चीस रुपए

अ.मा.पु.स. 978-93-5266-824-3

मुद्रक

आर–टेक ऑफसेट प्रिंटर्स, दिल्ली

PRERNA : Nai Soch, Nai Manzil
by Rajesh Aggarwal

Published by **PRABHAT PAPERBACKS**
4/19 Asaf Ali Road, New Delhi-110002

ISBN 978-93-5266-824-3

₹ 125.00

प्रस्तावना

'प्रेरणा' पुस्तक के बारे में कुछ सोच-समझकर लिखना असंभव सा लगता है, क्योंकि इस पुस्तक में जो कविताएँ तथा विचार लिखे गए हैं, वो अकस्मात् ही घटित हुए हैं, जैसे बिन मौसम के बारिश का होना। जीवन के सफर से गुजरते हुए जो अनुभव दिल को छूते चले गए, यह पुस्तक उसी की कृति है।

यहाँ मुझे एक कहानी याद आती है, जिसे मैंने ओशो के विभिन्न प्रवचनों में सुना है। सम्राट् अकबर ने एक बार तानसेन से कहा कि वे उनके गुरु का संगीत सुनना चाहते हैं। तानसेन ने कहा कि यह संभव नहीं है, क्योंकि उनके गुरु अपने आश्रम के बाहर नहीं जाते हैं, इसलिए अगर उन्हें उनका संगीत सुनना है तो प्रातः चार बजे आश्रम के पास जाना होगा। अकबर राजी हो गए और तानसेन के साथ पूरी रात आश्रम के बाहर सुबह होने का इंतजार करने लगे और जब सुबह चार बजे तानसेन के गुरु ने संगीत की धारा बहाई तो अकबर की आँखों से आँसू निकल पड़े और उन्होंने तानसेन से कहा, ''तानसेन, बुरा मत मानना, परंतु इस संगीत के आगे तुम्हारा संगीत कुछ भी नहीं है।'' तानसेन ने उत्तर दिया, ''इसमें बुरा मानने

कि कोई बात ही नहीं है, क्योंकि मैं आपके दरबार में इसलिए गाता हूँ कि मुझे कुछ पाना है अपनी जीविका चलाने के लिए, परंतु मेरे गुरु इसलिए गाते हैं, क्योंकि उन्होंने कुछ पा लिया है, इसलिए दोनों के संगीत में गुणात्मक फर्क है।''

"मैं हर पल इस प्रयास में रहता हूँ कि दूसरों को अपने संगीत से खुश करूँ और मेरे गुरु हर वक्त इतने खुश रहते हैं कि उनका संगीत उसी खुशी का विस्तार है। इसलिए फर्क तो होना ही है।''

मुझे यह कहानी बहुत प्रीतिकर लगती है। जब भी हम किसी कार्य को देने की भावना से करेंगे तो उसकी खुशी कुछ और ही होगी। मैं उम्मीद करता हूँ कि इस पुस्तक में लिखी गई एक भी कविता या विचार, यदि आपके जीवन को बदलती है, तो मैं अपने आपको धन्य समझूँगा।

—राजेश अग्रवाल

अनुक्रम

प्रस्तावना		*5*
सफलता की कसौटी	कविता	11
मन के जाल हजार	विचार	13
मूल्य चुकाना पड़ेगा	कविता	15
विवाह, प्रेम के बिना एक सामाजिक बंधन	विचार	17
पूरब और पश्चिम	कविता	19
एक यात्रा वक्ता से व्यक्ति की ओर	विचार	20
इन दिनों कुछ नया आभास सा हुआ है	कविता	21
बुराई में भी भलाई	विचार	24
चाहत	कविता	25
मुश्किल है अब प्यार में वचन देना	कविता	27
प्रकृति	विचार	29
लोग कहते हैं कि मैं बच्चा हूँ	कविता	30
दृष्टिकोण	कविता	32
स्वयं से प्रेम	विचार	34
दौड़	कविता	35
मृत्यु दिवस	विचार	36
जिंदगी के रंग	कविता	37
कसम	कविता	39

लीडरशिप	विचार	44
सुख	कविता	42
इंसानियत की दवा	कविता	45
कल क्या होगा	कविता	46
सकारात्मक दृष्टिकोण से आध्यात्मिक दृष्टिकोण की ओर	विचार	48
कभी दिन कभी रात	कविता	49
ओ मन!	कविता	51
ज्ञान परिवर्तन के बिना केवल शब्दों का संग्रह	विचार	53
मैं और मेरे सपने	कविता	54
इच्छाएँ और सकल्प	विचार	56
शुक्रिया जिंदगी	कविता	57
आंतरिक विकास के बिना समाज सेवा संभव नहीं	विचार	59
खुद को जाना	कविता	60
न किसी से दोस्ती, न किसी से बैर	कविता	63
मन:स्थिति और परिस्थिति	विचार	68
साधारण सफलता से असाधारण सफलता	विचार	68
हँसते-हँसते ऊपर जाओ	कविता	69
एक मुलाकात मौत के साथ	कविता	72
जीवन अभी और यहीं	विचार	76
इश्क	कविता	75
ध्यान	विचार	77
लक्ष्य	कविता	78
अकेला और एकांत	विचार	80
चल अकेला	कविता	81

उलझन	विचार	83
ज़िंदगी की पिक्चर	कविता	84
मुझसे मेरी दोस्ती	कविता	85
अधिकार	विचार	87
सिर्फ जागरूकता ही परिवर्तन ला सकती है	विचार	88
संबंध एक से, संपर्क अनेक से	विचार	89
सृष्टा	विचार	90
मन के ऊपर	विचार	91
प्रेम और कर्तव्य	विचार	92
दर्पण झूठ ना बोले	कविता	93
सूत्र-वाक्य		95

कविता

सफलता की कसौटी

मैंने सफलता के कुछ पैमाने हैं बनाए,
उम्मीद है ये आपको पसंद आएँ।

जिस काम को करते हुए डर न सताए,
सोते वक्त आराम की नींद आए।

सुबह उठने पर चेहरे पर ताजगी छाए,
उस ताजगी की खुशबू लोगों के दिल को छू जाए।

मन थोड़ा और थोड़ा न चिल्लाए,
संयम के साथ जीवन चलता जाए,

कोई काम अधूरा न रह जाए,
हमारी मौजूदगी वातावरण में खुशी फैलाए,

कोई बात नहीं अगर नोबल पुरस्कार न मिल पाए,
हर दिन नोबल कार्य में बीतता जाए।

भले ही कुछ लोग गलत तरीके से पेश आएँ,
पर फिर भी हम उन्हें देखकर मुसकराएँ,

मरने के बाद भी हम लोगों की यादों में आएँ
तो शायद यही ‘सच्ची सफलता, कहलाए।

तुरंत परिवर्तन ही
सही ज्ञान की कसौटी है।

समाज में अगर कोई महान्
परिवर्तन लाना है तो पहला सबसे छोटा कार्य
है—खुद को बदलना।

विचार

मन के जाल हजार

हमारे व्यक्तित्व के मुख्यतः तीन हिस्से हैं—शरीर, मन और आत्मा। शरीर के उपचार के लिए दवा की आवश्यकता है। मन के उपचार के लिए प्रेरणा की आवश्यकता है। आत्मा को समझने के लिए ध्यान की आवश्यकता है। शरीर को बुखार आना बीमारी नहीं, बल्कि लक्षण है, क्योंकि बीमारी शरीर के गहरे तल पर है तथा बुखार आना सिर्फ उस बीमारी की खबर है। विभिन्न औषधियों से जब उन बीमारियों को हटा दिया जाता है तो बुखार स्वतः ही ठीक हो जाता है। ठीक इसी प्रकार हमारे मन का ऊपरी सतह लक्षण का काम करता है। जानकारों ने ऐसी विधियाँ निकाली हैं, जिनके द्वारा अगर मनुष्य के मन की विभिन्न सतहों को प्याज के छिलके की तरह उतारकर देखा जाए तो यह देखकर बड़ी हैरानी होगी कि पहली और तीसरी सतह पर बिल्कुल विपरीत छवियाँ दिखाती हैं। हमारे मन की दुनिया में कई मन विराजमान हैं, जिनको समझना अत्यंत कठिन काम है।

यह हो सकता है कि एक व्यक्ति आपसे बड़े प्रेम और मैत्री से पेश आए, लेकिन जरूरी नहीं है कि वह आपसे प्रेम ही करता हो, क्योंकि उसके गहरे अँधेरेवाले मन के हिस्से में क्या पक रहा है, उसे समझने के लिए मनोवैज्ञानिकों के द्वारा खोजी गई विधियाँ ही एकमात्र रास्ता हैं। हजारों लोगों के संपर्क में आने के बाद मैंने यह महसूस किया है कि व्यक्ति अपने हँ

विचारों का गुलाम है, क्योंकि उसका शक्तिशाली अचेतन मन और उस मन की विभिन्न इच्छाएँ इतनी सशक्त हैं कि व्यक्ति चाहकर भी उनसे बच नहीं सकता। ऐसी अवस्था के सबसे घातक परिणाम तब होते हैं, जब व्यक्ति अपने मन के विभिन्न सतहों को एक रणनीति बनाकर दूसरों से खेलने लगे और खुद को स्वस्थ समझने लगे। इस अवस्था में पहुँचने के बाद व्यक्ति में परिवर्तन होना लगभग असंभव है, क्योंकि उसका चेतन मन परिवर्तन की बात तो स्वीकारेगा, परंतु जैसे ही उसके गहरे अचेतन मन पर प्रहार किया जाएगा, ठीक उसी समय उसके अचेतन मन का असली रूप सामने आ जाएगा।

कविता

मूल्य चुकाना पड़ेगा

मूल्य चुकाना पड़ेगा अगर करना चाहते हो प्यार,
बदले में मिल सकता है तिरस्कार, कदम-कदम पर हो सकता है इनकार, कुछ लोग कर सकते हैं गलत व्यवहार,
पर फिर भी क्या कर सकते हो उन्हें प्यार ?

मूल्य चुकाना पड़ेगा अगर देखे हैं बड़े सपने, उनमें रुकावट डाल सकते हैं तुम्हारे अपने, पहनाएँगे तुम्हें नकारात्मक सलाहों की माला,
कोई साथ न होगा, जब निकलेगा तुम्हारा दिवाला,
पर फिर भी क्या जलाए रख सकते हो सपनों की ज्वाला ?

मूल्य चुकाना पड़ेगा अगर बाँधी है दोस्ती की डोर,
कभी-कभी उनकी हरकतें तुम्हारी उम्मीदों को देंगी तोड़,
दिल में बार-बार उठेंगे उलझनों तथा नकारात्मक भावनाओं के शोर,
पर फिर भी क्या रख सकते हो, उनसे अपने संबंधों को जोड़ ?

मूल्य चुकाना पड़ेगा अगर रहना चाहते हो नेक इनसान,
पल-पल देने पड़ेंगे नेकी के इम्तहान,
परिस्थितियाँ मजबूर कर देंगी बनने को शैतान,
पर फिर भी क्या बने रह सकते हो अच्छा इनसान ?

विचार

**हर किसी के पास
यह क्षमता और स्वतंत्रता होती है कि वह सही
और गलत का चुनाव कर सके।**

**ये जानने में वर्षों लग जाते हैं कि हमें क्या
चाहिए और उससे भी ज्यादा मेहनत उसको पाने
में लगती है तथा इन दोनों से भी ज्यादा वक्त,
जो पाया है,उसे बरकरार
रखने में लगता है।**

विचार

विवाह, प्रेम के बिना एक सामाजिक बंधन

विवाह का मुख्य उद्द्देश्य मात्र बच्चे पैदा करना नहीं है। न ही यह कोई अनुबंध है एक-दूसरे की उम्मीदों को पूरा करने का। विवाह, एक आम सोच से ऊपर की स्थिति है, जहाँ दो व्यक्तियों को एक-दूसरे के हृदय में जगह मिलती है, जिसमें वह खेल सके, नृत्य कर सके, बाँट सके, लड़ सके और इन सबके साथ-साथ प्रत्येक दिन नई ऊँचाइयों को छू सके। अगर विवाह सिर्फ एक सामाजिक बंधन, बच्चे पैदा करना, घर की देखभाल करना तक सीमित है तो यह विवाह नहीं, बल्कि दो शरीरों द्वारा बिना आत्मा के जीवन निर्वाह करने की स्थिति है।

कविता

पूरब और पश्चिम

अगर पश्चिम ने विज्ञान दिया,
तो भारत ने धर्म दिया।

अगर पश्चिम ने औषधि दी,
तो भारत ने ध्यान दिया।

अगर पश्चिम ने मनोविज्ञान दिया,
तो भारत ने अध्यात्म दिया।

अगर पश्चिम ने वैज्ञानिक तकनीक दी,
तो भारत ने ज्योतिष शास्त्र दिया।

अगर पश्चिम ने गणित के सूत्र दिए,
तो भारत ने शून्य दिया।

अगर पश्चिम ने मनोरंजन के साधन दिए,
तो भारत ने बुद्धत्व के ज्ञान दिए।

अगर पश्चिम संभोग तक गया,
तो भारत ने संभोग से समाधि की बात की।

अगर पश्चिम ने रॉक एन रोल दिया,
तो भारत ने संगीत के सातों सुर दिए।

विचार

**दुःख को सुख में
बदलने का सबसे छोटा रास्ता है
कि उसे स्वीकार कर लिया जाए।**

**मैं खुश हूँ, इसलिए नहीं कि
मैंने जो भी चाहा उसे पाया,
बल्कि इसलिए कि जो भी पाया
उसे ही चाह लिया।**

विचार

एक यात्रा वक्ता से व्यक्ति की ओर

यह आवश्यक नहीं कि एक प्रभावशाली वक्ता, प्रभावशाली व्यक्ति भी हो। असल में वक्तव्य देना एक शैली है और व्यक्ति बनना एक आंतरिक परिवर्तन। एक नकारात्मक तथा निम्न स्तर के संस्कारों को रखनेवाला व्यक्ति भले ही अपने शारीरिक हाव-भाव और उछल-कूद करता अपने विचारों को अपनी बेहतरीन शैली के द्वारा प्रस्तुत करें, परंतु उसके प्रत्येक शब्दों में उसके भीतर के काले बादलों का चित्र नजर आ ही जाएगा। इसलिए अगर जीवन को मजबूत बनाना है तो जरूरी है कि व्यक्ति के विचार और व्यवहार एक लयबद्धता में चलें। क्योंकि अगर हृदय की भूमि बंजर और वीरान हो तो जुबाँ पर सुगंधित फूल नहीं खिल सकते हैं।

कविता

इन दिनों कुछ नया आभास सा हुआ है

इन दिनों कुछ नया आभास सा हुआ है,
अपने भीतर कुछ परिवर्तन खास सा हुआ है,
प्यार के अर्थ का दोबारा एहसास सा हुआ है।

जब हम कहते हैं कि हम किसी से प्यार करते हैं,
तो बदले में प्यार पाने का इंतजार करते हैं,
मिल जाए तो ठीक है और न मिले तो,
उसकी बुराई सरेआम करते हैं।

हमारे चेहरे की हालत हमारी दशा बताती है,
भीतर के खोखलेपन को दरशाती है,
ये माना कि हमारी कमाई तिजोरी में जाती है,
पर दिल की भूमि हर वक्त विरान नजर आती है।

इसलिए अभी भी वक्त है अपने आप को जगाने का,
अपने जीवन की दिशा को घुमाने का,
प्यार के इस महान् समुद्र में गोते लगाने का।
तब किसी को कहने की जरूरत नहीं कि हम प्यार करते हैं,

क्योंकि हम चलेंगे तो दिखेगा प्यार,
हम बोलेंगे तो बोलेगा प्यार,
हम मुसकराएँगे, तो मुसकराएगा प्यार,
क्योंकि तब प्यार कोई क्रिया नहीं रहेगी,
बल्कि हम ही साक्षात् बन जाएँगे प्यार।

रिश्तों का दूसरों
से कोई लेना-देना नहीं है।
जैसे ही आप स्वयं को स्वीकारते हैं,
उसी वक्त आप दूसरों को सुधारने की जगह
स्वीकारना शुरू कर देते हैं।

हमारे भीतर दानव और मानव दोनों की प्रवृत्तियाँ मौजूद हैं। रोजमर्रा के जीवनचर्या में प्रयास यह हो कि मानव जीतता रहे और दानव हारता रहे।

विचार

बुराई में भी भलाई

यह जरूरी नहीं कि आपने जिसका भला किया हो, वह भी आपकी भलाई का जवाब भलाई करके दे, क्योंकि हो सकता है उसका भलाई करने में उतना सामर्थ्य न हो, जो आपकी की गई भलाई का मुकाबला कर सके। इसलिए कभी-कभी ऐसे लक्षण मिलते हैं, जहाँ आपने अगर किसी की भलाई की है तो मौका मिलने पर सामने वाला यानी भलाई लेनेवाला, आपकी एक छोटी सी बुराई को इतना बढ़ा-चढ़ाकर प्रस्तुत करेगा कि उसकी वह हरकत आपकी सोच के बाहर होगी। हो सकता है कि वह आपकी भलाई का जवाब आपके बराबर की भलाई न करके, बल्कि उसी के बराबर की बुराई करके दे। परंतु अगर हम गहरी दृष्टि से देखें तो उसका यह व्यवहार भी दूसरे रूप में भलाई है, क्योंकि जिसके पास जो है, वह वही तो देगा।

कविता

चाहत

कभी-कभी जब मैं हताश हो जाता हूँ,
और नाउम्मीदी मिलने पर उदास हो जाता हूँ,
तब सोचता हूँ कि लोग मुझसे
हमेशा चाहत ही की उम्मीद क्यों रखते हैं,
मेरी मायूसी को दूर करने के लिए
थोड़ा प्यार नहीं दे सकते हैं ?

बहुत सोचने के बाद इस नतीजे पर पहुँचा हूँ
कि वे भी कुछ नहीं कर सकते हैं,
भला अपने खाली हृदय से क्या दे सकते हैं,
उन्हें भी अपने जीवन में कुछ न कुछ पाने का इंतजार है,
और जहाँ तक मेरी नजर जाती है,
उम्मीदों की लंबी कतार है।

इसलिए 'उम्मीद' शब्द को ही मैंने
अपने जीवन से निकाल दिया है,
और अपने हृदय की वाटिका में प्रेम का बीज डाल दिया है,

कुछ दिनों में पेड़ उगेगा और प्रेम के फल लहराएँगे,
हम तो खाएँगे ही, दूसरों को भी खिलाते जाएँगे।
कल किसी ने पूछ लिया कि जीवन का मकसद क्या है ?
हमने कहा, 'अगरबत्ती की तरह जलते जाना है,
जलते हुए और जलने के बाद भी
प्यार की सुगंध को फैलाना है।'

विचार बना सकता है,
विचार बिगाड़ भी सकता है।

अगर हो सके तो अपनी रुचि को अपना पेशा बनाएँ और अगर नहीं तो कोई भी पेशा अपना कर उसे अपनी रुचि बनाएँ।

कविता

मुश्किल है अब प्यार में वचन देना

मुश्किल है अब प्यार में वचन देना,
कि मैं सिर्फ तुम्हें ही प्यार करता हूँ,

क्या फूल भी कभी अपनी सुगंध चुने हुए लोगों को देगा,
क्या सूरज भी कभी किसी एक के लिए उगेगा,
क्या हवा का झोंका भी थोड़े से लोगों के लिए बहेगा ?

इसलिए मुझसे वचन न माँगो,
मेरे साथ प्रेम में जागो,

पीयो एक-एक क्षण प्रेम का रस,
क्यों कर रही हो बेकार में कशमकश,
पता नहीं कब कह दे जिंदगी, 'बस'।

पश्चात्ताप, शर्म, घृणा और डर के बिना किए गए कार्य करने का निर्णय लेना, परिपक्व चरित्र को दरशाता है।

हमारी अमीरी सिर्फ इस बात पर निर्भर नहीं करती कि हमारे पास क्या है, बल्कि वह इस बात पर निर्भर करती है कि हम क्या हैं।

विचार

प्रकृति

प्रकृति आपको तभी सँभालती है, जब आप संपूर्ण आस्था से खुद को समर्पित कर देते हैं। चाहे सफलता हो या असफलता, खुशी हो या गम, सुख हो या दुःख, लाभ हो या हानि, पर आपकी आस्था प्रकृति से तनिक भी नहीं हिलनी चाहिए। जब आप इस प्रकार के दृष्टिकोण के साथ प्रकृति से जुड़ते हैं, तब आप प्रकृति के एक विराट् खेल का हिस्सा बन जाते हैं।

कविता

लोग कहते हैं कि मैं बच्चा हूँ

लोग कहते हैं कि मैं बच्चा हूँ,
अक्ल का अभी कच्चा हूँ,
पल में चिल्लाता हूँ, पल में मुसकराता हूँ,

पल में जोड़ता हूँ, पल में तोड़ता हूँ,
पल में रूठता हूँ, पल में मान जाता हूँ,

मुझे दुनियादारी के तौर-तरीके नहीं मालूम,
बात करने के सलीके नहीं मालूम।

मुझे नहीं पता कि दूसरों को फुसला के बात करनी चाहिए,
मन में चाहे जितना भी क्रोध हो,
पर चेहरे पर मुसकराहट रखनी चाहिए।

मैं कोशिश कर रहा हूँ कि बड़ा हो जाऊँ,
सही अदब से पेश आऊँ,
पर डर है कि बड़े होने की कोशिश में कहीं 'मैं' न मर जाऊँ,
क्योंकि भले ही मैं बच्चा हूँ, पर दिल का तो सच्चा हूँ।

विचार

यदि आप समस्या को
नहीं समाप्त कर सकते तो
समस्या आपको समाप्त कर देगी।

जीवन में एक पल ऐसा आना चाहिए,
जब व्यक्ति आवश्यकतानुसार बात करे,
न कि आदत अनुसार।

कविता

दृष्टिकोण

देखा है हमने भी जिंदगी को करीब से,
बात कुछ बनती नहीं सिर्फ नसीब से,
होते नहीं ख्वाब पूरे खोखले इरादों से,
और चलती नहीं जिंदगी मरे हुए वादों से।

कि मंजिल को पाना इतना आसान नहीं है,
चलते हैं लोग, मगर दिशा का ज्ञान नहीं है,
होंगे शायद कुछ ऐसे भी इस जहान में,
जो साँस तो ले रहे हैं, पर उनमें भी जान नहीं है।

पर कदम–कदम पर यही पाया है,
गुरुओं तथा किताबों ने यही सिखाया है
कि करना है चमत्कार तो
भीतर से खुद को मजबूत बनाना होगा,
आती–जाती साँसों में उत्साह का प्रवाह लाना होगा,
और परिस्थितियाँ अनुकूल रहे न रहे,
पर दृष्टिकोण को मजबूत बनाना ही होगा।

जीवन का सबसे
बड़ा भार है बीते हुए
कल की घटनाओं को याद रखना, इसलिए
आनेवाले कल में इतने व्यस्त हो जाएँ कि
बिता कल अपने आप धुँधला पड़ जाए।

इससे कोई फर्क नहीं पड़ता कि आप
कितने वर्षों तक जीवित रहते हैं, फर्क इस
बात से पड़ता है कि आप किस प्रकार का
जीवन जीते हैं।

स्वयं से प्रेम

स्वयं से प्रेम और स्वार्थीपन—दो अलग-अलग स्थितियाँ हैं। जब हम किसी व्यक्ति को स्वार्थवश प्यार करते हैं, तब हम उस व्यक्ति का उपयोग करते हैं अपने स्वार्थी कार्यों के लिए। परंतु जब हम वास्तविक प्रेम में होते हैं, तब हम माध्यम बनते हैं दूसरों के विकास में। असल में प्यार एक बहुत बड़ी घटना है। आम जिंदगी के सभी प्रेम संबंध स्वार्थ पर आधारित होते हैं। एक व्यक्ति वास्तविक प्यार तभी कर सकता है, जब उसने मन के भीतर नकारात्मकता, जलन, घृणा, हीन भावना तथा उम्मीद जैसे मैल को नहीं बढ़ने दिया हो और खुद को प्रेम से भर रखा हो। ऐसी अवस्था में वह व्यक्ति लोगों से प्रेम करेगा और वस्तुओं का उपयोग, न कि वस्तुओं से प्रेम करेगा और लोगों का उपयोग।

कविता

दौड़

दौड़ रहे हैं लोग अपना कल बनाने में,
हर आज बीत रहा है कल की तमन्नाओं को पाने में,
परंतु जिसका आज ठीक नहीं है, उसका कल कैसे ठीक होगा,
इसी बात को समझा रहा हूँ इस अफसाने में।

एक-एक साँस गुजर रही है सिर्फ दौलत कमाने में,
हर कदम उठ रहा है शोहरत पाने में,
लगा है हर इनसान दूसरों को खुशी दिलाने में,
अपने दुःखों का हाल सुनाता है शाम को मयखाने में,
घर तो वापस आता है सिर्फ सोने के बहाने में।

अगर हम भी जिंदगी बिता रहे हैं रोने-रुलाने में,
तो शायद हम सब खो चुके हैं इस जमाने में,
मौत तो आ चुकी है, बस इंतजार है कब्र तक जाने में।

इसलिए थोड़ा रुकें, और सोचें, क्या रखा है कल बनाने में,
कोशिश करें कि बीते हर लमहा मुसकराने में,
रँग दें इस दुनिया को प्यार के अफसाने में,
छोड़ जाएँ अपनी यादों की आवाज दिलों के घराने में।

विचार

मृत्यु दिवस

लोग अपना जन्मदिन मनाते हैं, परंतु मैं 'मृत्यु दिवस' मानाता हूँ। जब भी मेरे भीतर बेवजह की शिकायतें, दुःख, गलत उम्मीदें कम होती हैं, मैं अपनी पीठ थपथपाता हूँ और कहता हूँ, 'बहुत सुंदर, मृत्यु'। इसलिए मेरा मानना है कि मृत्यु दिवस, जन्मदिन से ज़्यादा जरूरी है।

कविता

जिंदगी के रंग

हमने भी जिंदगी के कई रंग देखे हैं,
कहीं धूप, कहीं छाँव, कहीं बारिशों के संग देखे हैं,
और जैसे-जैसे मौसम बदला, लोगों के भी बदलते रंग देखे हैं।

यह उन दिनों की बात है, जब हम मायूस हो जाया करते थे,
अपनी मायूसी का गीत लोगों के सामने गाया करते थे, कभी-
कभी तो जज्बात में आँसू भी बहाया करते थे,
परंतु अकसर लोग हमारे आँसुओं को देखकर हँसी उड़ाया
करते थे।

अचानक जीवन ने नया मोड़ लिया,
हमने अपनी परेशानियों को बताना ही छोड़ दिया,
अब तो दूसरों की जिंदगी में भी उम्मीद का बीज बो देते हैं,
और खुद को अगर रोना भी पड़े तो हँसते-हँसते रो देते हैं।

सूखा व्यक्ति सुखी
नहीं हो सकता।

बिना समस्या के सुख को पाना असंभव है,
क्योंकि समस्या के समाधान
में ही सुख छुपा रहता है।

कविता

कसम

अगर करना है कुछ परिवर्तन तो कसम न खाना,
बल्कि उस कार्य को करके दिखाना।

रखे हैं आँकडे मैंने ऐसे लोगों के,
जो कसम खाते-खाते ही समाप्त हो जाते हैं,
पर जिस कार्य को करने की कसम खाते हैं,
उसे नहीं कर पाते हैं।

असल में कसम खाना कमजोरों की निशानी है,
क्योंकि कसम में हर कुछ जुबानी है।
कसम खाना और भूल जाना यह आदत पुरानी है,
कसम खानेवाले का दृष्टिकोण भी बेमानी है।

क्या सूर्य भी कभी कसम खाता है कि वह उगेगा,
क्या फूल भी कभी संकल्प करता है कि वह खिलेगा,

खुदा की हर चीज बिना कसम के घटी जा रही है,
और घटते-घटते इस बात का एहसास दिला रही है कि
अगर करना है कुछ परिवर्तन तो कसम न खाना,
बल्कि उस कार्य को करके दिखाना।

विचार

वास्तविक अहिंसा, हिंसा का विपरीत रूप नहीं है, बल्कि हिंसा की अनुपस्थिति है।

महान् सफलता का अर्थ है—
जब आपका जीवन, लाखों व्यक्तियों के लिए प्रेरणा-स्त्रोत बन जाए।

विचार

लीडरशिप

एक सही लीडर उसे ही कहा जाएगा, जो अपने अनुभवों को बिना किसी उम्मीद के लोगों में बाँटे, न कि उन पर लादे। लीडर में इतनी क्षमता तथा स्पष्टता होनी चाहिए कि वह लोगों के सामने स्थिति को साफ–साफ दिखा सके और लोगों को अपनी समझ और स्वतंत्रता के अनुसार चुनाव करने की छूट दे। नेतृत्व अगर किसी व्यक्ति को पूजना और उस पर निर्भर रहना बन जाए तो उसे नेतृत्व नहीं, गुलामी कहा जाएगा। जहाँ निर्भर रहनेवाला अपनी जिम्मेदारी और अपने गुणों को विकसित करना छोड़ देता है तथा किसी एक व्यक्ति के व्यक्तित्व की छाप या आचरण को ढोते हुए चलता रहता है, बिना खुद में परिवर्तन किए। परंतु अगर नेतृत्व, दूसरों के गुणों को उभारना, निखारना तथा उनको अपनी जिम्मेदारी लेने का नाध्यम बनता है, तब इससे कोई फर्क नहीं पड़ता कि आप किसी व्यक्ति के साथ चलें या अकेले ही चलें। लीडरशिप, मालकियत या गुलामी न होकर दो व्यक्तियों के विकास का माध्यम बनना चाहिए और ऐसे माध्यम को ही सही नेतृत्व–गुण या लीडरशिप कहा जाएगा।

कविता

सुख

मुश्किल है सुख को समझना, उसे पल-पल पकड़ना,
अभी तक हमने जो जाना है, वह सुख नहीं है,
बल्कि सुख के नाम पर बहाना है।

क्या कभी ऐसा हुआ है
कि आग में हाथ डालने के बाद आप दोबारा हाथ डालें,
पानी में डूबने के बाद दोबारा डूबें,
असल में जो अनुभव आत्मा का हिस्सा बन जाते हैं,
फिर आप चाहें भी तो उसे भुला नहीं पाते हैं।

सुख के अनुभव अभी आत्मा के हिस्से नहीं बने हैं,
इसलिए सुख के पल कम
और दुःखों के बादल घने हैं। सुख शरीर, मन,
विचार और बुद्धि से
कहीं ऊपर की मंजिल है,
इसलिए उसका अनुभव करना बंड़ा मुश्किल है।

बस ऐसा समझें कि जब शरीर साथ न दे, मूड़ बहुत खराब हो,
दोस्त भी साथ छोड़ दें और
प्रतिकूल परिस्थितियों का दबाव हो,
विचार ऊबड़-खाबड़ चलते हों,
मन नकारात्मक चिंतन से मचलता हो,

सब जगह तिरस्कार हो, हाथ में किसी का हाथ न हो,
ऐसा लगे कि जीवन अब जानेवाला है,
कोई तूफान आनेवाला है,

ऐसे वक्त में भीतर के किसी कोने से कोई कहता है,
'घबरा मत!' सब ठीक चल रहा है।

'उजाले के पहले का अँधेरा चल रहा है,
ईश्वर जो करेगा ठीक करेगा, इतना मुझे विश्वास है,
क्योंकि जब तक साँस है, तब तक आस है
जब ऐसा लगे तो जानना—'सुख क्या',
इसका तुम्हें एहसास है।

विचार

जन्म के पहले
भी 'मैं' था और मृत्यु के बाद भी
'मैं' रहूँगा। बस फर्क सिर्फ इतना है कि
अभी प्रकट हूँ, तब अप्रकट
रहूँगा।

कविता

इंसानियत की दवा

उम्मीद है जल्द ही ऐसी दवा बनाऊँगा,
याददाश्त लोगों की मिटाऊँगा।

भूल जाएँगे लोग कि धर्म क्या है,
कौन राम है, कौन खुदा है,
कौन काला है और कौन सफेद है,
किसमें किन रंगों का भेद है।

जन्मों से फैली यह दूरी मिटाऊँगा,
तभी शायद इनसान को इनसानियत की याद दिला पाऊँगा।

कविता

कल क्या होगा

कभी-कभी मैं सोचता हूँ लोग क्यों डरते हैं ?
जिंदगी में हर-पल डर-डरकर मरते हैं।
झाँककर देखा तो पाया कि सब डर के पीछे
एक ही बिछा हुआ जाल है,
'कल क्या होगा' यही सबके मन का सवाल है।

कल कुछ भी नहीं होगा,
कल वही होगा, जो आज हो रहा है।
कल भी सूरज निकलेगा, चाँद भी आएगा,
बारिश भी होगी और फूल भी खिलेगा,
लोग भी मरेंगे, पैदा भी होंगे,
शादियाँ भी होंगी, तलाक भी होंगे,
युद्ध भी होंगे, शांति का जुलूस भी निकाला जाएगा,

और इस तरह एक और 'कल',
आज के जैसा ही बीत जाएगा।

इसलिए यह फिक्र छोड़ो कि कल क्या होगा,
तुम यह सोचो कि तुम्हारा आज कैसा है,
अगर तुमने आज को जीने की कला सीख ली,
तो तुम्हारा हर 'कल' भी ठीक हो जाएगा,
क्योंकि तुम्हारा हर 'कल' 'आज' बनकर आएगा।

जब जीवन में
सबकुछ खो जाए
तो याद रखना कि अभी भी 'आप' बचे हुए
हैं। अगर सबकुछ 'आपके' द्वारा आया था
तो उसे फिर से पाया जा सकता है।

केवल वही व्यक्ति चिंतित रहता है,
जो या तो भविष्य में रहता हो या
भूत में रहता हो, पर वर्तमान में
नहीं करता हो।

विचार

सकारात्मक दृष्टिकोण से आध्यात्मिक दृष्टिकोण की ओर

एक सकारात्मक दृष्टिकोण वाला व्यक्ति किसी भी परिस्थिति में अपनी सकारात्मकता नहीं खोएगा। इससे कोई फर्क नहीं पड़ता कि बाहरी परिस्थितियाँ उसके अनुकूल हैं या प्रतिकूल; क्योंकि वह अपनी सशक्त मानसिक स्थिति से किसी भी स्थिति को सकारात्मकता से ग्रहण करना जानता है। उसकी सकारात्मक सोच की 'सरस्वती नदी' से तुलना की जाए तो गलत नहीं होगा। उसके चेहरे के हाव-भाव भले ही गंगा-यमुना की हलचल लिये हों, परंतु उसका अंत:करण सरस्वती की तरह शांत, परंतु प्रगतिशील यात्रा करता रहेगा, जो ऊपर से देखना संभव नहीं है। और जब ऐसी स्थिति जीवन में आ जाए तो समझना चाहिए कि व्यक्ति का पुनर्जन्म हो चुका है, जो शारीरिक, मानसिक, बौद्धिकता से ऊपर है।

ऐसे व्यक्ति को अध्यात्म बोध प्राप्त किया हुआ व्यक्ति कहना उचित होगा, जो किसी भी बाहरी दबाव को अपनी आध्यात्मिक शक्ति से झेलने में समर्थ है।

कविता

कभी दिन कभी रात

मेरी हालात पर हँसनेवाले ये न सोच लें कि मैं कमजोर हूँ,
ये तो सिर्फ वक्त की बात है, कभी दिन है तो कभी रात है।
अभी सूरज निकलना बाकी है, चिड़ियों का चहकाना बाकी है,
और मुरगे का बाँग देना भी बाकी है।

इस काली रात के पीछे
उजाले की किरण मुझे दिखाई दे रही है,

जो धीरे से मुसकराते हुए मुझसे कह रही है
कि हिम्मत न हारना, मैं आ रही हूँ,
बस थोड़ा तुम्हें आजमा रही हूँ।

याद रखना, रास्ता कितना भी कठिन हो,
पर सच्चाई का साथ न छोड़ना,
और तूफाँ कितने भी आ जाएँ,
पर अपने सिद्धांतों को न तोड़ना।

मेरी हालात पर हँसनेवाले ये न सोच लें कि मैं कमजोर हूँ,
ये तो सिर्फ वक्त की बात है, कभी दिन है तो कभी रात है।

कोई भी संस्था
बिना सकारात्मक
दृष्टि और साकारात्मक योगदान
के लंबी यात्रा नहीं तय कर सकती है। इससे
कोई फर्क नहीं पढ़ता कि उसका मुनाफा कितना
है, परंतु सकारात्मक दृष्टिकोण के बिना उसका
समाप्त होना निश्चित है।

ईमानदार बने रहना
किसी बाहरी परिस्थिति पर निर्भर नहीं,
बल्कि भीतरी स्पष्टता
पर निर्भर है।

कविता

ओ मन!

ओ मन! उछल ले जितना उछलना है,
कूद ले जितना कूदना है,
पर इस बार मैं तेरे झाँसे में आनेवाला नहीं।

तू ही सारी समस्याओं की जड़ है,
तेरा काम ही है परेशानी लाना,
उम्मीदों की डालियों पर उछालते जाना,
पर डालियाँ टूटे तो भाग जाना,
और फिर आकर उम्मीदें जगाना।

पर अब मैं तेरे हाथ आनेवाला नहीं,
मैं तभी उछलूँगा जब मैं चाहूँगा,
क्योंकि तब सभी उछाल की जिम्मेदारी मेरी होगी।
मैं चुपचाप भीतर बैठा तेरी हरकतों को देखता रहूँगा,
क्योंकि किसी ने कहा है कि मनुष्य,
इनसान से पहले बंदर था,

इसलिए उसका मन इनसान बनने के बाद भी
बंदरों की तरह हरकतें करता है,
कभी इधर उछलता है, कभी उधर उछलता है।

बुढ़ापा उसी दिन
से शुरू हो जाता है, जिस दिन से हम
मुसकराना, आगे बढ़ना, सीखना और खुश
रहना बंद कर दें।

जो यह जानते हैं
कि ईश्वर उनसे 'अलग' नहीं हैं।
वे ईश्वर की पूजा 'अलग'
से नहीं करते।

विचार

ज्ञान परिवर्तन के बिना केवल शब्दों का संग्रह

जब ज्ञान केवल आकर्षक शब्दों को एकत्र करने का शौक बनकर सीमित रह जाए तो उसे ज्ञान नहीं, बल्कि एक बौद्धिक व्यायाम ही कहा जाएगा। ऐसी स्थिति उस नदी की भाँति है, जो अपने पथ से भटककर रेगिस्तान के गलियारों में हमेशा के लिए खो जाती है, तथा जिसका सागर से मिलन कभी नहीं हो पाता है। वही ज्ञान सार्थक है, जो मनुष्य को वासना, क्रोध, आलस्य, लोभ, अहंकार, तनाव जैसी सूक्ष्म-से-सूक्ष्म बीमारियों की जडों को समझने में सहायता प्रदान करे तथा उन्हें धीरे-धीरे समाप्त कर दे। जो व्यक्ति के मन, बुद्धि एवं अन्तःकरण को इस प्रकार प्रकाशवान करे कि व्यक्ति स्वयं-निर्मित दुःखों के दलदल से निकलकर आनंद के सागर में पहुँच जाए। जब ऐसी अवस्था जीवन में आती है तो व्यक्ति जहाँ कहीं भी होता है, वही स्थान उसके लिए पूजा-स्थल बन जाता है।

कविता

मैं और मेरे सपने

मैं वे ही सपने देखता हूँ, जिन्हें खुद पुरा कर सकूँ।
उतनी ही इच्छाएँ रखता हूँ, जिन्हें अपने दम पर भर सकूँ।

ये जहान सबूत माँगता है,
आपकी बातों का प्रूफ माँगता है,
आप क्या कर सकते हैं,
इससे किसी का कोई लेना-देना नहीं है,
जो आप दिखाते हैं, बस वही सही है।

आपके भीतर क्या है उसे लोग बाद में जानेंगे,
पहले आपके हुलिया से आपको पहचानेंगे।

रोने और चिल्लाने से लोग दया तो दिखाते हैं,
पर दूर से आप नजर आ जाएँ तो,
दूसरे फुटपाथ पर चले जाते हैं।

खाली-खोखलों से भीड़ नजरें बचाती हैं,
और भरे हुए समुंदर के पास नदियाँ भी दौड़ी चली जाती हैं।
इसलिए उठो, जागो और शेर बनो,
जो जंगल में अकेला चलता है,
और हिरनों के झुंड में जाकर शिकार पकड़ता है।

महान् उपलब्धियाँ
100 प्रयास पर
मिलती है, पर अधिकतर लोग 99
पर हौंसला छोड देते हैं।

मकान और घर, दो अलग-अलग चीजें हैं।
मकान बनाने के लिए आवश्यक है—पैसा,
पत्थर, सीमेंट आदि परंतु घर के लिए
चाहिए प्रेम,
सुख और शांति।

विचार

इच्छाएँ और संकल्प

इच्छाएँ और संकल्प, दो अलग-अलग चीजें हैं। बहुत से इच्छा रखने वाले सिर्फ सपने देखते-देखते ही अपनी जिंदगी बिता देते हैं, पर उन इच्छाओं को पूरा करने के लिए दृढ संकल्प के साथ कदम नहीं उठाते हैं। इच्छा रखना या सपने देखना किसी पहाड़ से उतरने जैसा है, परंतु सपनों को पूरा करना पहाड़ पर चढ़ने जैसा है, जिसमें अटल संकल्प-शक्ति की आवश्यकता है।

कविता

शुक्रिया जिंदगी

शुक्रिया जिंदगी मेरे ऊपर नफरत के अंगार बरसाने का,
यही मौका है मुझे तुम्हारे ऊपर प्यार दिखाने का।
शुक्रिया जिंदगी मेरी राहों में काँटे बिछाने का
और दिया है फिर एक और मौका
उन पर फूलों की सेज सजाने का।
आज गम में आँसू भी निकल आए तो क्या है,
बहुत दिन के बाद वक्त मिला है,
दिल के बोझ को हल्का कराने का।

मैं जानता हूँ तुम मेरे जजबातों से खेले जा रही हो
और उन्हें साँप की तरह डसती जा रही हो,
पर अजीब सा नशा है तुम्हारे जहर में जमाने का,
इसलिए मैंने भी कसम खाई है,
इस नफरत के साँप को और भी दूध पिलाने का।

यह सफर लंबा है, इसलिए थक मत जाना,
जब भी मौका मिले मुझे बताना,
मेरे कंधे इंतजार करेंगे तुम्हारा बोझ उठाने का।

एक वक्त आएगा जब हम बिछड़ने लगेंगे,
उस दिन तुम अपना वास्तविक रूप लेकर मेरे सामने आओगी
और मेरी मौत बनकर खड़ी हो जाओगी।
पर वहाँ भी अगर समझ न आए तो मुझे बताना,
मैं खुद ही रास्ता बता दूँगा अपनी कब्र तक जाने का।

शुक्रिया जिंदगी मेरे ऊपर नफरत के अंगार बरसाने का,
यही मौका है मुझे तुम्हारे ऊपर प्यार दिखाने का।

आंतरिक विकास के बिना समाज सेवा संभव नहीं

एक व्यक्ति समाज-सेवा तब तक नहीं कर सकता, जब तक वह खुद की सेवा न करे। समाज-सेवा अपने आप घटित होती है, जब किसी व्यक्ति का अंत:करण प्रकाशवान् होता है, क्योंकि जब फूल खिलता है तो उसकी सुगंध को फैलने से कोई नहीं रोक सकता। सभी महान् व्यक्ति इस बात के जीत-जागते उदाहरण हैं। उनका प्रत्येक बाहरी कार्य भीतर के प्रकाश का ही विस्तार है। अहंकार, नफरत, जलन, अकेलापन, क्रोध, खराब संबंध और दूसरों को नीचा दिखाना जैसे दृष्टिकोण को रखकर की गई सेवा, समाज-सेवा नहीं कही जाएगी, बल्कि उसे स्वयं की निराशा को व्यक्त करने का माध्यम ही कहा जाएगा।

कविता

खुद को जाना

बात उन दिनों की है जब हमने खुद को नहीं जाना था,
हमें कोई प्यार कर ले इस बात का दिल दिवाना था।

दर–दर भटकता था मैं,
हर एक की दहलीज पर सर पटकता था मैं,
पता नहीं किस–किसका दरवाजा खटखटाया था,
हर अजनबी के सामने उम्मीद का दामन फैलाया था।

किसी ने प्यार किया तो किसी ने खिलवाड़ किया,
एक ने तो हमारे प्यार का व्यापार सरेआम किया।
मायूसी के दौर से गुजर रहा था, तभी एक आवाज सी आई,
और मैंने पीछे मुड़कर देखा तो मुझसे कुछ कह रही थी मेरी परछाई।

कहा बेवकूफ! दर–बदर घूमता मत डोल,
सबसे पहले अपने दिल का दरवाजा खोल,
तुझे जिस प्यार का इंतजार है,
अपने अंदर झाँककर देख,
तेरे भीतर प्यार का भंडार है।

पूरी जिंदगी चली जाएगी, यह भंडार खाली न हो पाएगा,
तू तो खुद पाएगा, इसमें से दूसरों को भी कुछ दे पाएगा,
याद रख, खुद को कर प्रेम, तभी प्रेम पाएगा,
और तेरे भीतर जब फूल खिलेंगे तो
भँवरों का दल अपने आप मँडराएगा।

जब भी हम
अहिंसा और प्रेम
का रास्ता अपनाते हैं, प्रकृति हर तरफ से
प्रयास करती है हमारी परीक्षा लेने का।
वह हमें मुसीबतों में डालेगी यह देखने के
लिए कि क्या हम फिर भी उसी रास्ते पर
चलते हैं या उसे
त्याग देते हैं।

कविता

न किसी से दोस्ती, न किसी से बैर

मैं नहीं रहा पर सबकुछ चल रहा है,
रात भी हो रही है और दिन भी निकल रहा है।

आए थे लोग मुझे जलाने, मेरे जनाजे पर आँसू बहाने,
पर अब किसी की जुबाँ पर मेरा नाम भी नहीं है,
मेरी तसवीर भी बहुत दिन से साफ नहीं है।

खाई थी कसमें उन्होंने कि तुम्हारे लिए जान दे देंगे,
तुम्हारी आन के लिए अपनी आन दे देंगे,
पर आज वे अपनी दुनिया में खो गए हैं,
अपनी मस्ती की गहरी नींद में सो गए हैं।

गलती मेरी ही थी, जो मैंने लोगों से उम्मीद लगाई थी,
अपनी तकलीफ की खाई खुद ही बनाई थी,
आँख खुली तो पाया अभी मैं मरा नहीं जिंदा हूँ

पर क्या वह सिर्फ सपना था या जिंदगी की हकीकत थी,
जो भी हो, पर ऐसे सपनों की मुझे जरूरत थी।

अब मैं जाग गया हूँ,
पर मेरे भीतर 'उम्मीद' का राक्षस मर गया है
और जब वह मर गया, जीवन नए रस से भर गया है।

अब कोई आँसू बहाए या जलाए,
हमारी तसवीर को गंदी रखे या साफ कराए,
इसका दु:ख हमें क्यों सताए?
हम तो फूल की तरह सुबह खिले,
शाम को मुरझाए, पर लोगों के दिलों में
एक यादों की खुश्बू छोड़ आए।

आजकल जिंदगी में खैर ही खैर है,
क्योंकि न किसी से दोस्ती और न किसी से बैर है।

विचार

जब भी यह
समझ में न आए कि
कौन सा कर्म गलत है और कौन सा सही तो
आँखें बंद करें और शांत मन से भीतर की
आवाज को सुनें। जो आवाज बार-बार आए
वही सही कर्म है।

विचार

मन:स्थिति और परिस्थिति

यह जीवन ईश्वर से एक संपूर्ण हॉलीडे पैकेज के रूप में मिलता है, जिसमें सुख-दु:ख, सफलता-असफलता, दिन-रात, सर्दी-गरमी, प्रशंसा-आलोचना इत्यादि एक साथ मिलते हैं। एक ज्ञानी व्यक्ति जीवन के इस पैकेज में से किसी एक का चुनाव नहीं करेगा, बल्कि पूरे पैकेज को स्वीकारेगा। इसलिए अगर जीवन के हर पल को उत्साहित और क्रियात्मक बनाना है तो उचित यही होगा कि व्यक्ति प्रत्येक 'क्षण' को एक प्रयोगशाला बनाए और उस स्थिति से भागने की बजाय उसका सामना करे। क्योंकि इन्हीं अनुभवों और प्रयोगों के मंथन से जो निकलेगा, वही व्यक्ति बोधपूर्ण व्यक्ति बनता है। फिर वह परिस्थिति नहीं बदलेगा, बल्कि मन:स्थिति बदलेगा, क्योंकि मन:स्थिति बदलते ही परिस्थितियाँ बदलना शुरू हो जाती हैं।

जब भी जीवन में यह प्रश्न आए कि
'जीवन का उद्देश्य क्या है ?'
तब आप प्रकृति की हर चीज पर नजर डालें।
चाहे वो फूल हों, पत्ते हों, घास हों सूरज,
चंद्रमा या तारे हों, आप पाएँगे कि
ये सभी केवल 'देने।' का काम करतें हैं।
तब खुद से प्रश्न पूछे कि
'क्या मैं भी इनकी तरह जी रहा हूँ या नहीं ?'

विचार

साधारण सफलता से असाधारण सफलता

सफल होना और असाधारण बनना, दो अलग-अलग स्थितियाँ हैं। सफलता का क्षेत्र कुछ साधारण मापदंडों पर निर्भर है, जैसे—आर्थिक संपन्नता, पद या प्रतिष्ठा, दूसरों से अच्छा व्यवहार, विशिष्ट व्यक्तियों से संबंध तथा अन्य तथाकथित उपलब्धियों का होना। एक सफल व्यक्ति की पहचान इन तमाम मापदंडों को देखकर की जाती है। परंतु असाधारण सफलता, इन उपलब्धियों के साथ-साथ एक विशेष दृष्टिकोण और चरित्र के द्वारा ही प्राप्त की जा सकती है, क्योंकि साधारण सफल व्यक्ति के मरने के बाद उसकी उपलब्धियों के द्वारा उसे याद नहीं किया जाएगा। परंतु असाधारण व्यक्ति के मरने के बाद उसके दृष्टिकोण और चरित्र के गुणों के आधार पर उसे हमेशा याद रखा जाएगा। इसलिए अगर हमें साधारण सफलता से असाधारण सफलता की यात्रा तय करनी है तो तमाम उपलब्धियों के साथ-साथ एक सशक्त चरित्र व दृष्टिकोण का निर्माण करना ही होगा, जो किसी भी बाहरी परिस्थिति के आगे न झुके और न चुप रहे, बल्कि जरूरत पड़ने पर अहिंसा के माध्यम से गलत मुद्दों पर अपना विरोध अवश्य प्रकट करे। क्योंकि बिना सशक्त चरित्र के केवल अच्छाई, कमजोरी का लक्षण है, जिससे असाधारण व्यक्तित्व का निर्माण नहीं किया जा सकता।

कविता

हँसते-हँसते ऊपर जाओ

जरूरत क्या है मुझे अब इस शरीर में आने की,
अपनी आत्मा को शरीर का बंदी बनाने की।
फिर मन मचलेगा विचारों के तूफान आएँगे,
और हम एक बार फिर सपनों की झड़ी लगाते जाएँगे,

इन सपनों में से कुछ को खोएँगे, कुछ को पाएँगे,
पर इसके बावजूद भी सपनों पे सपने देखते जाएँगे।
कुछ ऐसी घटनाएँ घटेंगी, जो गहरी यादें बन जाएँगी,
हर पल, हर घड़ी हमें सताएँगी,
कभी अतीत में ले जाएँगी तो कभी भविष्य के सपने दिखाएँगी,
और इस प्रकार हमारे वर्तमान को बरबाद कर जाएँगी।

कुछ ऐसे रिश्ते भी बनेंगे जिनसे हम उम्मीद लगा बैठेंगे,
और खुद को ही अपनी आशाओं का गुलाम बना बैठेंगे,
टूटेंगी हमारी उम्मीदें तो दूसरों को दोषी बताएँगे,
शायद अगला जन्म अच्छा हो, इसी उम्मीद में मर जाएँगे।

पर शायद हमें पता नहीं कि
अगले जन्म में भी हम वही होंगे जो आज हैं,
बस जगह बदलेगी, धर्म बदलेगा और शरीर का रंग बदलेगा,
इसलिए अब सोचकर मरो कि वापस न आओ,
जिंदगी का हर लम्हा खुशी बाँटने में बिताओ,
ताकि मरते ही प्रकृति का हिस्सा बन जाओ।

जीवन के कई
उद्‌देश्यों में से एक
उद्‌देश्य यह जानना भी है कि हम शरीर में
रहते हैं, पर शरीर नहीं है। एक बार यह
जानकारी गहरी हो जाए तो शरीर में रहना
आनंद बन जाता है।

एक रचनात्मक व्यक्ति
के लिए कोई भी समय की
सीमा नहीं होती।

कविता

एक मुलाकात मौत के साथ

अचानक वो आकर खड़ी हो गई और कहा, 'चलो'
मैंने कहा, 'नहीं, थोड़ा समय दो।'
उसने कहा कि समय तो बहुत दिया था,
पर तुमने हमेशा व्यर्थ किया था,
अब तुम्हारा समय खत्म होता है,
चाहे कुछ भी हो पर समय नहीं मिल सकता है।

मैंने कहा कि अभी तो मुझे बहुत कुछ करना था,
बहुत से अरमानों की मंजिलों पर चढ़ना था,
उन मंजिलों पर चढ़ने की योजना ही बना रहा था,
कैसे असफलताओं से बचूँ, इसी सोच में समय लग रहा था,
बस काम शुरू ही करनेवाला था कि तुम आ गई
और मौत बनकर छा गई।

उसने कहा कि हमारा काम करने का तरीका अलग है,
हमारे यहाँ समय नहीं दिया जाता है,
बल्कि समय पर काम किया जाता है, इसलिए चलो,
हमें अपना काम करने दो, तुम्हारा मन मचले तो मचलने दो,
तुम्हें ले जाने का समय तभी तय हो गया था,
जब तुमने इस पृथ्वी पर जन्म लिया था।

तू जिंदगी नहीं जी पाया तो हम क्या करें,
सिर्फ तू ही जिम्मेदार है,
क्योंकि तेरे पास जिंदगी को जीने के सारे औजार हैं,

अब वापस चल, उन औजारों पर ठप्पा लगा देंगे
कि जैसा गया था, वैसा ही वापस आ गया,
अपना समय सिर्फ सोच में बिता दिया।

जी हाँ, दोस्तो! यही वह 'मौत की घड़ी' है,
जो टिक्-टिक् करते हुए हमसे मिलने के लिए चल पड़ी है,

इससे पहले कि वो हमें ले जाए,
आइए जिंदगी को पूरी तरह जीया जाए,
चाहे फिर जिंदगी सफलता या असफलता लाए,
पर हमें यह गम न सताए,
कि जिंदगी को हम नहीं जी पाए,

और जब मौत आए तो हम उससे हाथ मिलाएँ,
धीरे से उसके कान में कहें,
कि मैं तो कब से इंतजार कर रहा था,
तुम्हीं ने आने में देर कर दी।

विचार

जीवन अभी और यहीं

रिटायर्मेंट कोई निश्चित उम्र के बाद काम छोड़ना नहीं, बल्कि प्रत्येक दिन की गतिविधियों को पूरा करने के बाद निश्चिंत होकर सोने की अवस्था है। साधारणत: हम यह सोचते हैं कि सफल होते रहना ही जीवन है, परंतु कभी-कभी हम बाहरी जीवन में जितना सफल दिखते हैं, भीतरी जीवन उतना ही असफल होता जाता है। अगर हम जीवन को उसकी संपूर्णता में जीना चाहते हैं तो हमें यह आदत डालनी पड़ेगी कि एक दिन को इतना भरपूर जी लिया जाए कि सोते वक्त यह एहसास हो कि अगर इस वक्त प्रकृति का बुलावा आ भी जाता है तो भी कोई बात नहीं क्योंकि जीवन न बीते हुए कल में है, न आनेवाले कल में, बल्कि जीवन अभी है और यहीं है।

कविता

इश्क

पूछा जो उन्होंने कि इश्क क्या है तो बता न पाए हम,
कैसे इसे परिभाषित करें यह सोचकर घबराए हम,
याद आया अचानक गुजरा हुआ जमाना,
तो उसकी कुछ छवि दिखा पाए हम।

कहा हमने कि न जाने कितनी बार दिल का बुरा हाल हुआ करता था,
पास वो हमारे बैठे यह सोचकर दिल तड़पा करता था,
उनके एक स्पर्श से बिन बारिश के इंद्रधनुष निकला करता था।

पता नहीं, कितनी बार निमंत्रण हमने भिजवाया होगा,
शायद ही कभी किसी ने हमारा निमंत्रण ठुकराया होगा,
साल नहीं, महीना नहीं, हर सप्ताह हमने स्वयंवर रचाया होगा।

उस वक्त अपनी काबिलीयत पर बड़ा नाज हुआ करता था,
हर गली-मोहल्लों में हमारा राज हुआ करता था,

चुनाव करना मुश्किल था कि किस-किस से मिलें हम,
क्योंकि हर मतदाता के उम्मीदवार हुआ करते थे हम।

जिंदगी के हर क्षेत्र में हरियाली ही हरियाली थी,
हर सुबह एक होली थी, हर शाम एक दीवाली थी,

पर चाहनेवालों की भीड़ में जब हमने खुद को अकेला पाया,
इश्क क्या है उस दिन समझ में आया।

उस दिन से आज तक इश्क ही किए जा रहे हैं,
हर लम्हा इश्क के पवित्र बंधन में बिता रहे हैं,
किसी को पूछने की जरूरत ही नहीं,
हम खुद ही लोगों को बता रहे हैं।

आज हम खुलेआम इश्क किया करते हैं,
हर एक को अपने दिल में पनाह दिया करते हैं,
और आज इश्क के नाम पर 'स्नेह' किया करते हैं।

कल हमारी बेटी ने पुछा कि पापा इश्क क्या है?
तो बेझिझक बता देंगे हम,
जरूरत पड़ी तो एक साहित्य लिखकर दिखा देंगे हम,
और फिर भी उसे समझ में नहीं आया,
तो इश्क करके दिखा देंगे हम।

विचार

ध्यान

ध्यान, संसार को छोड़कर पहाड़ों या जंगलों में भागने की क्रिया नहीं है, बल्कि अपने दैनिक जीवन के प्रत्येक कार्य को सतकता से करने की विधि है। एक 'आम व्यक्ति' और 'ध्यानी' में सिर्फ इतना ही फर्क है कि आम आदमी कुछ पाने के लिए करता है और ध्यानी ने कुछ पा लिया है, इसलिए कार्य करता है। और जो कार्य ध्यान से किया जाए, वह साधारण चीजों में भी जान डाल देता है।

कविता

लक्ष्य

कई बार मैनें योजना बनाई है लक्ष्य को पाने की,
मगर पा न सका, बल्कि लक्ष्य ने ही मुझे पा लिया।

कभी सोचा भी न था कि लक्ष्य का भी लक्ष्य होगा,
जैसे मैं बेकरार हूँ, वह भी बेकरार होगा,
उसे भी अपने लक्ष्य को पाने का इंतजार होगा।

उस दिन समझ में आया कि
जिंदगी को दो तरीकों से जिया जा सकता है,
एक लक्ष्य की तरफ जाने की,
दूसरा लक्ष्य को अपनी तरफ बुलाने की।

जैसे फूल खिला तो भँवरे आए,
मोहम्मद चले तो बदली छाई,
दीप जले जब तानसेन ने संगीत की धारा बहाई
और पशु तक भागे जब कृष्ण ने बाँसुरी बजाई।

जिस दिन तुम अपनी क्षमता के बीज को
फूलों की तरह खिला देते हो,
अपने भीतर से खुद को जगा देते हो,
उस दिन तुम लक्ष्य की तरफ नहीं,
बल्कि लक्ष्य को अपनी तरफ बुला लेते हो।

फिर खुदा के पास जाने की जरूरत नहीं,
उसे अपने पास ही पा लेते हो,
क्योंकि खुद को पा जाना ही 'खुदा' को पाना है।

विचार

अकेला और एकांत

एकांत में रहना अकेलापन नहीं है। तुम अकेले तब तक हो, जब तक कि तुम सिर्फ 'तुम' हो। तुम अर्थात् शरीर रूपी तुम नहीं, बल्कि 'खालीपन रूपी' तुम, 'भविष्य की खोज वाला तुम', 'मानसिक वेदनाओं और वासनाओं' से भरा तुम'। इस तरह का 'तुम' लोगों के साथ भी अकेला ही रहेगा; परंतु यह 'एकांत' मन के ऊपर की अवस्था है। जहाँ एक का अंत होता है अनेक से मिलने के लिए। अनेक कोई व्यक्ति नहीं, बल्कि वह अदृश्य ऊर्जा है, जिसके द्वारा सब व्यक्त हो रहा है। काश, एक बार तुम उसे देख पाते!

कविता

चल अकेला

सोचा था एक दिन समाज बदल डालूँगा,
सोई हुई आत्माओं को जगा डालूँगा,
पर जब जगाने का प्रयास किया तो पाया—मुर्दा विचार,
बँधी हुई धारणाएँ, उधार ली हुई बातों का बोझ।

मैनें कहा कि आओ, कुछ बदलाव लाएँ,
इस मुर्दा जीवन से मुक्ति पाएँ,
जंग लगी हुई साँसों में ताजगी लाएँ,
भविष्य को और भी मजेदार बनाएँ।

समूह ने कहा कि नहीं, बदलाव सिर्फ
पुराने नक्शे के बुनियाद पर ही हो सकती है,
आचरण तो बदल लेंगे,
पर आत्मा पुरानी ईंटों की ही हो सकती है।
आत्मा बदलने की हिम्मत अब नहीं है,
क्योंकि जो चल रहा है, उसकी आदत जो हो चुकी है।

उस दिन से मैनें समाज बदलने का काम छोड़ दिया है।
खुद को प्रोत्साहित किए,
अपने अटल दृष्टिकोण को साथ लिये
ऊबड़-खाबड़ पथ पर उत्साह और उमंग के साथ चलता जा
रहा हूँ।

अगर कोई आना चाहता है तो आ जाए,
वरना जब से खुद से दोस्ती कर ली है,
यात्रा में और भी मस्ती भर ली है।

दिल कहता है चलते–चलते आवाज लगाता जा,
शायद हो जाए सोनेवालों के जीवन में सवेरा,
और अगर तेरी आवाज सुन कोई यदि न आए तो तू चल अकेला,
चल अकेला, चल अकेला।

विचार

उलझन

जब जीवन शंकाओं और उलझनों का समूह बन जाए तो उसे जीवन नहीं, बल्कि एक चलता-फिरता कब्रिस्तान ही माना जाएगा। ऐसा जीवन उस सूखे, वीरान और बंजर भूमि की तरह है, जिस पर सुख और समृद्धि के फूल कभी नहीं खिल सकते हैं। जीवन तो एक ऐसी प्रगतिशील धारा होनी चाहिए, जिसमें समस्याएँ, मुश्किलें तथा दुःखों के पत्थर आएँ, परंतु जीवन की धारा इन चुनौतियों के बावजूद बिना रुकावट के बहती चली जाए। यह तभी संभव है, जब व्यक्ति प्रत्येक पल निर्णय लेता जाए और जीवन को जीवंत तरीके से जीता जाए।

कविता

ज़िंदगी की पिक्चर

जिंदगी की पिक्चर को दर्शक बनकर देखा,
पिक्चर के हर दृश्य को गुजरते हुए देखा।

कभी तालियों की बौछार हुई,
कभी गालियों की मार सही।
किसी ने मालाएँ पहनाईं,
किसी ने चप्पलें दिखाईं।
किसी ने गले लगाया,
किसी ने गला दबाया।

लोग आए और चले गए,
पर मैं वहीं का वहीं रह गया।
मेरी स्थिति उस प्लेटफार्म की तरह है,
जहाँ हर रोज ट्रेनें आती हैं,

कुछ गंदगी फैलाती हैं,
कुछ साफ-सुथरा छोड़ जाती हैं,
पर जो भी हो, मेरे कारण
थोड़ा आराम कर जाती हैं।

कविता

मुझसे मेरी दोस्ती

लो दुनिया वालों तुम्हारी भीड़ से हटा,
तुम्हारे साथ रहते हुए भी, मेरे सोचने का तरीका कटा।

जब तक मन के जाल का किस्सा था,
तभी तक मैं सभी प्रतियोगिताओं का हिस्सा था,
अब मैं ही मैदान हूँ, मैं ही प्रतियोगी हूँ,
मुझे ही है दौड़ना, मुझे ही है जीतना, मुझे 'मुझको' ही है हराना,
खुद को 'खुद ही' से है जिताना,
मुश्किल है मुझे नीचा दिखाना, क्योंकि मैंने छोड़ दिया है।
अपना प्रमाण–पत्र दूसरों से लिखवाना,

नहीं है यह कथन मेरे अहंकार का तराना,
क्योंकि जब से मैंने है खुद को जाना,
तब से बंद हो गया बाहरी हार–जीत का फसाना,
अब तो हर अगला कदम लिखता है एक नया अफसाना,
असंभव है बीते हुए कल को दोहराना।

वे बात करते हैं मेरे बारे में,
मुफ्त में मेरा विज्ञापन देते हैं हर गलियारे में,
मुझे किसी को जवाब नहीं है देना,
बस अपनी हर सोच और कर्म की है जिम्मेदारी लेना,

मैं कौन हूँ, क्या हूँ ये तो वक्त ही बताएगा,
जब शायद कभी मेरा इतिहास लिखा जाएगा,
अगर इस भीड़ में कोई एक मुझे समझता हो,
तो बस इतना काफी है,
बाकी लोगों को उनके गुनाहों के लिए माफी है,
तुम अपना काम करो, मैं अपना काम करता हूँ
फिलहाल मैं भीड़ में रहते हुए भी भीड़ से हटता हूँ।

विचार

अधिकार

जब प्रेम अधिकारों को जताने और उम्मीदों को पूरा करने की जगह ले लेता है, तब वह प्रेम नहीं, बल्कि दुःखों को पाने का स्रोत बन जाता है। वह उस ठहरे हुए पानी की तरह है, जहाँ से दुर्गंध आने लगती है और वह प्रेम प्रेम न रहकर आरोप-प्रत्यारोप, ईर्ष्या, क्रोध तथा मानसिक दुःखों का आश्रय बन जाता है।

विचार

सिर्फ जागरूकता ही परिवर्तन ला सकती है

हमारा जीवन जन्म से मृत्यु तक एक दुर्घटना की तरह बीतता है। हमारी प्रत्येक गतिविधियाँ—चाहे भीतर की हो या बाहर की, एक मशीन की तरक कार्य करती हैं। अगर जीवन के अंदर उत्सव लाना है तो जीवन के प्रत्येक कार्य में जागरूकता लानी होगी। जरूरी नहीं है कि जागरूकता आपको बहुत लोकप्रियता दे। परंतु यह तो निश्चित है कि जीवन के समस्त कार्यों को भीतर के जागरण से किया जाए, तो वह सुख और सफलता, दोनों साथ लाएँगे। अब आपको सोचना है कि सफलता सुख के साथ चाहिए या दुःख के साथ!

विचार

संबंध एक से, संपर्क अनेक से

संपर्क और संबंध—दो अलग-अलग स्थिति हैं। संपर्क किसी से परिचित होना है, परंतु संबंध किसी व्यक्ति को पूरी तरह जानने की अवस्था है। संपर्क टूट सकता है, क्योंकि संपर्क में व्यक्ति दूसरे व्यक्ति के व्यक्तित्व के ऊपरी सतह को ही देख पाता है, परंतु संबंध का अर्थ है—दो व्यक्ति, जो एक-दूसरे के शरीर, मन, दिल और आत्मा तक को जानते हैं। फिर चाहे लड़ाई हो या मन-मुटाव हो, संबंधों की जड़ें थोड़ी देर के लिए हिल सकती हैं, परंतु टूट नहीं सकती हैं। इसलिए जो रिश्ते टूटते हैं, समझना चाहिए कि वे कभी संबंध की गहराइयों तक पहुँच ही नहीं पाए, इसलिए अगर हमें जीवन को संतुलित तरीके से जीना है तो यह सूत्र कहना सही होगा कि 'संबंध एक से और संपर्क अनेक से'।

सृष्टा

सृष्टा, जो सृष्टि के भीतर उसी प्रकार छिपा हुआ है, जैसे आत्मा शरीर के भीतर। जिस प्रकार हम अपनी आत्मा के वेग को केवल महसूस कर सकते हैं, परंतु देख नहीं सकते, ठीक उसी प्रकार सृष्टा या ईश्वर की ताकत उसके द्वारा रची हुई सभी चीजों में हम देख सकते हैं, चाहे वह घास की धार हो, भयंकर बाढ़ हो, सूर्य का ताप हो, चंद्रमा की शीतल रोशनी हो या दिल को हिलाने वाला भूकंप हो। परंतु इन सभी के भीतर 'ईश्वर' को देखना असंभव है। क्योंकि सृष्टा कोई व्यक्तित्व नहीं है, बल्कि एक सृजनात्मक ऊर्जा है।

विचार

मन के ऊपर

क्या कभी उठे हो मन के ऊपर, जहाँ सब कुछ स्थिर है। मन क्या है? चेतना के आकाश पर कुछ उछलते-कूदते बादल, जो दबाए बैठे हैं—इच्छाएँ, अरमान, काम, क्रोध, आशा, निराशा इत्यादि और इसकी परतें इतनी गहरी हैं कि शायद ही कोई इसके ऊपर उठ पाता है। कुछ लोगों को तो पता भी नहीं कि मन के ऊपर भी कोई दुनिया है। बिना आकाश देखे उसके बारे में कैसे अंदाज लगाया जा सकता है, पर अगर हम आकाश न देख पाएँ तो इसका अर्थ यह नहीं कि आकाश नहीं है। आकाश है, और बिलकुल है, जहाँ सबकुछ शांत है, संयम है, कोई लहर नहीं, कोई तरंग नहीं, बस सिर्फ एक चादर है—निष्पाप, पवित्र, निर्विचार और रंगरहित।

विचार

प्रेम और कर्तव्य

जब जीवन कर्तव्य से प्रेम की तरफ बहता है, तब हमारे मानसिक स्तर पर एक अभूतपूर्व घटना घटती है, तब हमारी क्रियाएँ वैसी ही होती हैं, जैसे एक कर्तव्यवान् व्यक्ति की होती है, परंतु क्रियाओं तथा गतिविधियों में एक गुणात्मक फर्क होता है। कर्तव्यवान् व्यक्ति, हो सकता है कि अपना कर्तव्य निभा रहा हो, परंतु ऐसी भी संभावना है कि वह अपने कर्तव्य-कर्मों का पालन किसी सामाजिक दबाव में कर रहा हो। ऐसी स्थिति में उसके हाथ तो कर्तव्य निभाएँगे, परंतु उसका कर प्रेम से वंचित होगा। अगर उसी व्यक्ति के हृदय में प्रेम के फूल का उदय हो चुका है तो उसका बाहरी कर्म उसी प्रकार होगा, जैसे फूल का खिलना और उसकी सुगंध का चारों ओर फैलना। फिर उसके जीवन की प्रत्येक गतिविधि में प्रेम की खुशबू आएगी, क्योंकि फिर वह प्रेम भी कर्म के रूप में नहीं करेगा, बल्कि वह प्रेम का ही स्वरूप होगा।

कविता

दर्पण झूठ ना बोले

जब हासिल हो जाए वो सब, जो तुम चाहते थे जीवन में पाना,
और यह जहान गाए तुम्हारी कामयाबी का गाना।
उस वक्त अपनी शक्ल आईने को अवश्य दिखाना,
और वह व्यक्ति क्या कहता है, उस पर ध्यान लगाना।

न तुम्हारी माता, न पिता, न पत्नी कोई खास निर्णय दे पाएगी,
तुम्हारी अच्छाई और बुराई,
ये दुनिया भी निर्धारित नहीं कर पाएगी।
पर जिसकी बात तुम्हारे जीवन को सुंदर बनाएगी,
वह वही छवि है,
जो आईने से वापस नजर आएगी।।

करना है तो करो उसे खुश, ये दुनिया खुश हो जाएगी,
दुनिया अगर साथ भी छोड़ दे, पर छवि कब्र तक जाएगी।
जिंदगी के हर क्षेत्रा में, कामयाबी तभी मिल पाएगी,
जब दर्पण के भीतर की छवि, तुम्हारे साथ चल पाएगी।।

आप भले ही हो शहंशाह और
बना डालो ताजमहल हजार,
पर सब हो जाएगा जलकर राख,
अगर उस छवि से न मिला पाए आँख।

बना दो दुनिया को बेवकूफ और
पहनते जाओ प्रशंसाओं की माला,
पर जीवन के अंत में निकलेगा दिवाला,
अगर दिया धोखा उसको, जो है दर्पण में रहनेवाला।

□

सूत्र-वाक्य

"एक चुनौती से भरा सपना ही
युवा होने की पहचान है।"

"गहरे-से-गहरे अँधेरे में भी
उजाले की उम्मीद न छोड़ें।"

"एक आशा से भरा व्यक्ति
प्रत्येक समस्या का समाधान ढूँढ़ लेता है।"

"किसी भी व्यक्ति के नकारात्मक
अनुभवों को भुला देना एक महत्त्वपूर्ण योगदान है।"

"प्रेम में शब्दों की नहीं,
अहसास की आवश्यकता होती है।"

"प्रत्येक दिन ऊर्जा से भरे रहने की कला है
बीते हुए दिन की याद का बोझ न होना।"

"लगातार कोशिश तथा सही दिशा ही,
किस्मत से मिलाती हैं।"

"जो जीवन में बड़ा मकसद खोज लेते हैं,
वे दबाव के बावजूद खुश रहते हैं।"

"सफलता को बनाए रखने का अचूक सूत्र है—
मैं क्या दे सकता हूँ।"

"कभी-कभी भविष्य के विषय में
अनजान रहना रोमांच को बनाए रखता है।"

□□□